彼女の劇場

#「彼女の劇場」　目次

Ⅰ

II

III

I

研磨せよ乙女

ハートが
バリっ
と音をたてて壊れるのを
聴いたことがありますか？
ガツン
パキン
あっちが折れて
けずられて
だんだん丸くなったら
わたしは口数の少ない女になった

底に眠っていた
種が芽を出し
うす桃色の花が開いた
地は平たくなった

あなたのおかげと
いうべきか
くやしいけど
そうなんだよなぁ

Aaron　アーロン

アーロンはよい名前
Aからはじまりaがもう一つ
夏の空のように明るく広やか
　rが丸く転がり
すかさずoまでくっついて
海辺の洞窟の響きの深さ
そしてnでいさぎよく終わる
古典的しかし決して退屈ではない
南国の赤い花のように
はらりと私の掌に舞い降りる

私はアーロンが大好き
彼はぽってりと濡れた唇をしているに違いない
髪はくるくると潮風に翻弄されているに違いない
シャツはこまどりの卵色でいつもしわくちゃ
胸には大きな赤いしみ
またケチャップこぼしてる
でもアーロンには一度も会ったことがないの
一体どこに隠れているのか
君はアーロンを知ってる？
大大大好きって伝えておいてくれる？

Aaron is my favourite name
His lips big, red and moist
His hair wild like heather on a white cliff
His eyes the colour of grapes
and sad
His shirt the colour of a robin's egg
and stained with mayonnaise
Did you eat a ham and tomato sandwich yesterday?
I have never met Aaron though
He is hiding somewhere
in the Gobi with a grumpy green gecko
in the Pampas with a pensive purple pig
in the Fjords with a fanatical fuchsia fish
Do you know Aaron?
Would you tell him I love him?

Aaron

is a nice name
starting with "A"
and another "a"
Surprise!
Open and clear like the summer sky
Then continues with "r"
Whirlwind at the mouth of a seaside cave
"o" adds a hollow echo
before finally and neatly end with "n"
Classic but never dull

The beautiful flower falls slowly into my palm

真夜中のチェリーブランデー

とろみが臓腑に落ちるのを見届けたら
二の腕が弛緩するのを待つ
全身にささった針が
一本また一本と抜けていく金曜日
頭の中の「ねば」「たら」「のに」の
分厚い石壁が
ずずっと四方に退く
腰がすとんと落ち
頭皮が鶏頭のように楽園へと開花する

真夜中のチェリーブランデーは
痛み止めであり眠り薬
私は何を鎮め
何から逃げていこうとしているのか
そこんとこよく考えないと
まあいいや　明日考えよう
エヘヘヘヘ
私は真綿色の花びらのベッドに
ふにゃふにゃ沈んでいく
守られているのが当然といった体で
月は夜空に煌々と光らせておいて

土曜日の朝にはチェリーブランデーは
罪悪感という名のハイオクガソリン

朝もはよから生産的かつ能率的に
頭のすみに積もっていた「ねば」を
一気に片づける
家中の窓も床も
朝イチにピカピカに磨いたあとは
すばらしい詩が三篇もできた
天才か？
これからコーンフレーク食べて
白い犬と笑いながらサイクリングしようか
アメリカのテレビＣＭみたいに

このハイオクは三日はもつ
そしたらまた始まる
ルビー色の螺旋

女風呂

女風呂のなかでは
太っている人がいちばんきれい
おにくが満月みたいにぱーんと張って
白くかがやいている
ゆげのむこうに女神さまがいる
お風呂のなかだけの女神

蒸気につつまれたからだ
ほかほかの　ぷるぷるだ
つぎはぎの布に隠されて

こんなに豊かな夏雲の城が
そびえていたなんて
ルノワールは見る目があったんだなぁ

痩せている人は
ごぼうを洗っているようだ
たわしが下のほうにもじょもじょっとあるだけ
まっすぐだと水もそのまま
渦を巻いてながれていっちゃう
つまんないよ

女同士の網膜には映らないアフロディーテ
タオルで入念に水をふきとり
豊かな髪を乾かし

きっと口を真一文字に結んで
伏し目がちに浴場の外へ一歩踏み出す
太陽はお隠れになった
雷がなり大地はひび割れる
ふたたび衣を剥いで
豊穣の海にその四肢を広げる日まで
乳もバターも蜜も涸れた地で
はした女として生きる

似非ルンバ

ルンバを買った 正しくは似非ルンバ
安いにせもの 壊れもせずよく働く
これでわたしの部屋はピカピカになるはずだった
が、
きれいにして欲しい部屋には行かず
行かなくてもいい部屋には行く
こやつ人工知能搭載か？
台所をきれいに掃除してほしい
だからゴミ箱で入口をブロックしておく
いつまでたってもど真ん中ばかり行き来する

すみっこがきれいになるまでとパソコン作業してたら、
ガタン　ゴゴオ
ゴミ箱を倒して戦車みたいにリビングにやってきた
一筋縄ではいかない
リビングに来たら来たで
かなり行ってほしくないコンセントのコーナーや
クッションやらが重なっているところに
迷わずまっしぐら
もはや魂がやどっている
子どもや夫がいたらきっとこんな感じ
やってほしいことはせずに
してほしくないことをする
餌もいらず喋らないだけマシか

ありがたみを感じにくいわたしの部屋を
縦横無尽に爆走する
箒を倒しカーテンを巻き込み
甲虫のようにひっくり返って
腹を見せてはコト切れる
ひやひやさせるこの盲目の暴君は
スイッチオンするたびに燦然たるキングダムを確立し
わたしはその侍女となって
しずしずとあとをついて回るのです

女の矜持

スープの火加減は
ぐらぐらじゃなくて
ことこと、ね

欲しいなんて思った時点で負けなのよ

親友なんていう恥ずかしい言葉は
胸の奥にそっとしまっておいて

男を待っているなんて

よほどヒマなのね

謝るくらいなら
最初から言わきゃいいのに

想いなんてのは雑草と同じで
根気よく引っこ抜いていれば
いつかなくなるもの

いなくなっても平気な男とだけにしておく
じゃないと
智恵子の二の舞になってしまう

でも

誰を好きになるのかを選ぶことはできない

そうでしょう？

II

水島上等兵の妻

おもえばあなたはいつも、夕焼けの色が変わるのをこの世のはじまりに立ち会っているかのように瞬きもせず見ていたり、みんなと楽しそうに話していたかと思えば、何が悲しいのか急にすっと立ちあがって暗い庭に出ていってしまうような人でした。数知れぬ同胞がうずもれる南国であなたは僧衣をまとい竪琴をかなでて生きるそうですね。最後の一片の骨を拾うまで帰ってこないおつもりですか。亡骸はいつまでもどこまでも、探せば出てくるのでしょう。同胞を拾いつくしたら、こんどは敵兵の骨を探し始めるでしょう。あなたは今も探しているのです。帰らない言い訳を。

生まれてこなかった子を想う。あなたは春のはじまりが好きだったから、桃子と名付けたことでしょう。晴れた日に庭で高い高いしてやったりして、きゃっきゃした笑い声にあなたの胸もとくとくと嬉しさに波打ったはず。だけどその子がお嫁に行く日までいっしょにいることはなかったような気がする。

わたしは知っているのです。多くの人に想われながらも、あなたは人間を愛し愛されることにこの上ない恥ずかしさを感じてしまうってことを。だから賽の河原の石を積むように亡骸をせっせと探し、忙しいふりをして一生が終わるのを今か今かと待つつもりなんですね。

ちゃっかり逃げおおせたあなたと、墓も建てられず、芋を拾い井戸の水を汲み、日めくりを生業とするわたし。馬鹿らしくなってケラケラ大きな声で笑ったり、目の前が真っ白になって立ちつくすほど憎んでいることに気づく。骨ばったあなたの浅黒いからだをこの両手両足で抱きしめ、ぎりぎりと絞め殺してやりたい。なんて思いながら、あなたの生家で宙ぶらりんの寡婦として三日月の夜に眠りにつこうとしています。

化身の巣

わらわらとわき出ては帰って行く
水をかけても線香をたいても
ちょっとあわてるだけで
一直線のねじまき時計のように
チクタクと隊列にもどる
蟻が部屋を這う
東の窓の下に住処をつくった

さてはあいつか
亀虫　蓑虫　手長蜘蛛

使者はいろいろと現れては消えたが
蟻を寄こす奴ははじめてだ

殺虫剤をふきつけると
絶叫が聞こえた
一瞬激しくもがいたあと
屍が累々と毒の川に打ちよせる
蟻を蟻となさせしめたのは
忙しく動く細い手足だったのか

一匹だけが生き残り
床に落ちた三日月の爪には目もくれずに
手の甲から二の腕に螺旋を描く
帰れ帰れ東のほうへ

お前が探しているものは
もうないよ
肺の底まで息をためて
一気に吹き飛ばす

川のむこう
24・3キロメートルのかなた
彼の部屋の西の窓には
私の熊蜂がぶんぶん唸りながら
曇りガラスにぶつかっていることだろう
男は眉をひそめ
青い目で見つめていることだろう

熾火の家

包丁をつかったらすぐに洗う
ステンレスの水切りかごに置く
大きな水滴が網の下に落ちる前に拭いて
さっさとしまう
シンク下からまな板の上を
行ったり来たり
切って洗ってすぐ拭いて
バタン
出して切って洗ってまたしまう
ギー　バタン

あの人に向けて握ることはないし
あの人向きの武器ではないと
分かっているけれど

ぐらぐら煮立つやかんのお湯に
いたたまれなくなったり
洗濯ばさみのバネの抵抗を感じる前に
パチンと音をたてて
すばやく閉じるようにする
あの人もシャーペンの芯は常にひっこめて
そっとノートの下に
隠しているのかもしれない
どんなに口汚くののしりあっていても
生まれた家では思いもしなかったこと

よく指を切るようになった
我が家のお湯は沸点に達することはなく
洗濯ばさみはかごの中で不満げに折り重なり
液体肥料は靴箱の奥に消えたまま

湖の底でくすぶる熾火が
野火となって広がらないように

彼女の劇場

明るいうちから
ドライマルティーニを飲み出すと
三杯目からマゼンタ色の唇が
優雅にそして執拗に羽ばたき
甘やかな音色を繰り出す
その輝く歯の奥には
三億光年の闇が広がる
彼女の蜘蛛の巣はいつも
水で洗ったようにからっぽだ
幕を上げて世界に対峙するかわりに

朝から酒を飲み
煙草を吸う奥さんになった
今日も夫の帰りを待ちながら
漆黒の穴を白銀の媚薬で治める

妻が舞台に立ったとしたら
自分は劇場に入ることさえ許されないと
夫は知っているから
はるか荒野に身をひそめ
妻が萎れてしまうのを待っている
野犬は牙を抜き
繋いでおかなければならない
今夜も蜥蜴が鳴く砂漠の真ん中で
満天の星空の下

誰もいない劇場の幕が上がる

渡守が言うことにゃ

ほれ見てごらん
道ゆく人をせせら笑って一生を終えたあの男
やっと死んだよ
渡ることも許されず
黒紅色の夕暮れに
河原でひとり
石を積みながらずっと泣いている
だれか一人でも
会いたいと思ってくれるなら
この舟に乗せてやれるのに

あいつの骨の隙間を
風がくぐり抜けていく音が
聴こえるかい

そういやこないだ
あいつの奥さんの噂を聞いたよ
やたらとはしゃぎながら商店街で
おいなりさんを二個買ってたらしいよ

奥さんがこっちに来たとき
いっしょに渡れるのかもしれないね
二人とも渡れないっていうのは
よっぽどだね

Ⅲ

ひよどりの妻

新芽の兆しも見えない柿の木
ジャングルジムのてっぺんで
羽冠をのせた太陽王が
世界制覇を宣言する
葉陰色をまとった妻は
ご近所さんが通るたびに首をかたむけ
「うちの主人が
おさわがせしてすみませんねぇ」
なんて心にもないことを
夫が飛び立つと

三呼吸ほどして彼女も低く飛び立ち
番いとはすぐにはわからない距離の
常緑の茂みにすっぽりと隠れる
八十八の星座がめぐる青い天蓋の下で
遠い国の本を読んだり
通りすがる人を眺めたり

好きとかじゃなくて
意地なのよ

彼がまた雄たけびをあげるから
やれやれと目をあげて飛び立ち
木蔭を見つけては
羽をはさんでおいたページを再びひらく

沈丁花の門

月がぼうっと灯った夕暮れ
今夜あたり開いているだろうか
こども時代につづくとびら
モーヴの雲を通りぬけ
自転車をこいで家に戻る道
沈丁花の香りが甘くうるむ
わたしを苦しめるものは
なにもなかった
突き刺さささる針が
まだ一本もなかったあのころ

皮膚は世界に向かって
なんの躊躇もなく開かれていた
世界と私はひとつだった

さがしても
探し当てることができない
沈丁花の門
連れ戻してくれる刹那を
そしらぬふりをしてじっと待つ
月が霞んで
ひよどりのつんざく叫びが
雑木林の奥に消えていくころ

水脈

ぷしゅん
コミュニティバスの黄色いドアが開く
目を開けていられないような午後
満開の桜の下でおばあさんにそっと手を貸す
肉厚な私の手をぎゅっとつかみ
にっこりゆっくりステップを降りる
眼鏡の奥の輝く瞳に反して
蝋紙に覆われたような折れた指が
地面に着地してもなお
数秒長すぎるなごりを惜しむ

しばらく誰にも触れられなかったであろう
その小さな鉄の鉤を伝って
私の掌に深い井戸が穿たれた

ぽつんと残されたその穴の底に
遠く蒼く揺れる水をときおり覗き込んでは
どうしていいかわからずに
今日もあの細い肩と毛糸の帽子を探しているけれど
坂の多いこの街になんど桜が咲いて散っても
再びめぐり会うことができない

プレコロナを嗅ぐ

おもいきりマスクをずらす
森に棲む鹿みたいに顔をあげて
ひっそりと風の匂いをかぐ

古びたブロック塀や
その上にへばりついている苔
駅前のトンカツ屋さんの油
隣に立っている人のシャンプー
山梔子の花
山を崩したがっている遠い雨雲

そんな匂いたちが
幾千ものフィラメントでつながり
わたしの肌をずんずん押す

美しかったり美しくなかったりする
とりどりの気泡たちが
みっちり　ぷかぷか
一寸の隙間なく満ちて
プレコロナの小宇宙たちは
紙の帷一枚へだて
私に見つけられるのを
首を長くして待っていたんだね

梅雨入り後の夕暮れ

バスの停留所で立っているとき
並ぶ人が
ひとり、ふたりと増えてきた
マスクをもどすと
わたしは人間のかたちをした
沼のようなものにもどり
蝋紙に幾重にもつつまれ
白い箱に収められていく

秘めた果実

核心すれすれのところに刃を入れながら
むき出しになっていく桃の果肉に
思うまま指を絡ませるのは
この季節との約束事のように思われる
皿にたまった匂やかな朱鷺色のみずうみを
ちゅっと飲み干したあと
無残に折り重なった皮も
種のまわりの血管みたいな繊維も
二重三重に封じてさっと手を洗い
何もなかったふりをする

翌朝ごみ集積所にポイと捨てたあと
いつものように二段飛びで階段を駆け上がって
誰にも会わずに部屋に戻ることができたら
わたしの勝ち

蔦《つた》の家《や》

おぼんに帰ってくるひとたち
胡瓜の馬に乗って
ある人は船に
またある人はバイクに乗って
うちのばあちゃんは三夏のあいだ
バスで帰ってきた
出発前は朝から水も飲まない
きちっと衿をあわせ
風呂敷包みを側からはなさず
緊張の面持ち

お寺の傍のさびしい停留所から
よちよち坂を下り
着いたところは蔦がからまる家
あの雪がちらつく日
黒い波は家の前の砂利道までやってきて
ばあちゃんが愛したものを
何もかもさらってしまった
入れ歯の隠し場所だった
ぼろぼろのソファーも
浴衣を何枚も縫った足踏みミシンも
自慢の白いあじさいも
にいさんとかあさんの白黒写真も
いっさいがっさいが海に帰ってしまった

天が迎え火によって開かれると
夏草が茂るばかりになった蔦の家を
ばあちゃんは見に来ていた

情念

霧の雨が大地に降りそそぎ
夏を鎮めようとしている

煙る草影は誘惑
それとも結界

夕暮れに散歩をする
美しい時間が逃げていかないうちに

風立ちぬ
どこで生まれて
どれだけの胸を鳴らし
辿り着いたのか

夫に落胆し世に恥じる妻だけが見せる
あの眼差しとか

誰を好きになるのかを選ぶことはできない

恒星のひかりが衛星に反射しているだけ
と言うけれど
秋には秋の月

雑草をむしるように情念を摘み
大きな鉛をつめて何も怖くないふりをする

秋の裾がそろそろと引き込まれていく
聴きのがさないように
イヤフォンをはずす
薄紫の時刻

ともしび

独りが宿命の女の線は
影を孕む
選ばれなかった人生とうちひしがれていても
真っ平ごめんとさばさばしていても
そんな女の影はうしろに長くひかず
灰色のカメオの中に
しん、と棲まう
男のひとがいる女の輪郭は
柳のしなやかな放物線を描いて
内側からいつも

ひよこ色がぽっと灯っている
桜を見上げながら笑いさざめいていても
死を願うほど夫を憎んでいても

囲われないということは
焼けつく太陽の下を独り歩くということ
守られるということは
見えない箱の中に閉じ込められるということ
共に居続ける理由を考えながら
うつむき加減でゆるい坂道をのぼる

木蓮はもう散ってしまった
がらんどうの暗い家に
買い物袋をどすんと置く

夕飯の支度をしなくちゃ
茄子をつかった何か
うーん何だろう
スリッパをパタパタ鳴らして
玄関にスイッチを入れに行く
薄暮に照らされた住宅街の斜面に
ぽつぽつと浮かび上がる小さなともしび
やっぱりみんな
ひよこ色

気をつけて（水際）

淵　ってことば
いいよね
浮かび上がることができない
深く動かない碧の水だね
底に沈んだたくさんの
釜や鏡や折れた刀といっしょに
私の秘密もひそんでいることでしょう
のぞいてみる？
足をすべらせて
うっかりはまらないようにね

淵の反対は
瀬　なんだって
そのきらめきに足をひたしたい
セ　なんていう響きをもつ処には
悪徳も宝もとどまらず
いつの間にか
目の前を流れていってしまうだろうから
陽のあたる岩場に
あなたと並んで腰かけ
ズボンの裾めくったら?
なんて言いながら
安心して笑っていられます

弱い花

ビリー・ホリディのように歌おうにも
のほほん　ぬくぬく　なんとなく
生きてきたわたしには
網タイツが似合う足も
処女の血の唇も宿ってはおらず
売春婦の母も
マフィアの恋人もいない
そんな人生に放り込まれたら
切るべきではないのに
切られた野の花のように

なんてことなさるのかしら
なんて捨てぜりふを残して
よよと地に伏し
くたばっちまうでしょう

月が知らん顔して
東の空から帆をあげるのを見届けたら
今日もわたしは
会ったこともない男との
別れの詩を書きながら
夜がはじまるのを待っているのです

あとがき

第一詩集『彼女の劇場』を手にとってくださってありがとうございます。女の体をもって生まれてきた以上それにまつわる経験や感情が塵となって積もり、時には噴出したりさみしく漂ったりするわけです。ここではそんな地層から生まれた棘や毒、伏せた眼差しを主に集めています。書きものの常で、各作品の主人公たちすべてが私というわけではありません。

出版にあたって、まずは『詩と思想』研究会の先生方と運営スタッフの皆様にお礼を申し上げます。すてきな関西弁で私の皮肉や諧謔性を楽しんでくださる中井ひさ子先生。花潜幸先生は詩作と批評の作法を静かに教えてくださいます。青木由弥子さんはお姉さんみたいにきめ細かくサポートをしてくださいます。長谷川忍さんはあるとき私の詩に「こわぁ」と腹の底からおっしゃったことがあり、以来「これもお見せして怖いって言ってもらおう」なんて思いながら書いています。おしゃべりな女について考えていたときに「男だって同じだよ」って言ってくださった川中子編集長、とても気が楽になりました。何も知らない私を根気よく育ててくださる皆さまにお礼を申し上げます。

『詩と思想』の新人投稿欄の評者尾世川正明氏は二年間頻繁に取り上げてくださって、山の民的な詩を見出してくださいました。これからもじっくり深めていきたいテーマです。ありがとうございます。「もっと毒を！」と女の暗部を排除せずに求めてくださる清岳こう氏の評価はとても心づよいです。これからもどうぞご教授ください。

友人たちへ。「旅して歌うマリー・アントワネット」岩村美保子さん、「三日月と白薔薇の詩人」柊月めぐみさん、本書の表紙の蜥蜴を描いて下さった「星降る夜の木彫り熊ちゃん」森永純子さん。控えめながらもそれぞれのアートに真摯に生きるみんなと会えて光栄です。

どきどきしながら最初にメールを差し上げたときから、七月堂の知念明子さんには柔らかく受け止めていただいて感謝しています。出版者としてだけでなく詩人として原稿を読んで頂いたように感じます。すてきな宝物ができました。ありがとうございます。

最後に。母へ、祖母へ、そして私の血の中に脈々と流れる記憶を受け継いでくれた全てのイブたちへ、源流へ、本書を捧げます。

初出一覧

I

研磨せよ乙女　『ココア共和国』２０２２年４月号傑作Ⅲ

Aaron　アーロン　詩と思想研究会アンソロジー　２０２２年『pot』

Aaron (English Ver.)　詩と思想研究会アンソロジー　２０２２年『pot』

似非ルンバ　『ココア共和国』２０２１年９月号傑作Ⅲ

女の矜持　『ココア共和国』２０２２年３月号電子版

Ⅱ

水島上等兵の妻　『詩と思想』2022年3月号入選

渡守が言うことにゃ　『詩と思想』2022年11月号入選

Ⅲ

ひよどりの妻　2022年詩と思想研究会最優秀作品

弱い花　『ココア共和国』2022年7月号傑作

彼女の劇場

二〇二三年六月三十日　発行

著　者　園　イオ
発行者　知念　明子
発行所　七　月　堂
〒一五四-〇〇二一　東京都世田谷区豪徳寺一-二-七
電話　〇三-六八〇四-四七八八
FAX　〇三-六八〇四-四七八七

印　刷　タイヨー美術印刷
製　本　あいずみ製本所

ISBN 978-4-87944-538-4 C0092